서로
사랑하면
언제라도 봄

서로
사랑하면
언제라도 봄

이해인 시집

열림원

봄의 연가

우리 서로
사랑하면
언제라도 봄

겨울에도 봄
여름에도 봄
가을에도 봄

어디에나
봄이 있네

몸과 마음이
많이 아플수록
봄이 그리워서
봄이 좋아서

나는 너를
봄이라고 불렀고
너는 내게 와서
봄이 되었다

우리 서로
사랑하면

살아서도
죽어서도

언제라도 봄

'외딴 마을의 빈집이 되고 싶다'던
50대의 그 수녀 시인은 어느새 70대가 되어
노을 진 들녘을 바라보며
다시 고백해봅니다.

그 빈집에 채울 것이 있다면
오직 사랑뿐이라고–
어떤 상황에서든지
희망과 용기를 잃지 않고
우리가 서로 사랑하면
그때가 바로 봄이라고–

사랑하려고 노력하는 모든 순간이
곧 행복한 봄이라고 말입니다.

1999년도에 초판을 냈던
『외딴 마을의 빈집이 되고 싶다』를
꾸준히 사랑해주신 독자 분들께 감사드립니다.

제목을 새롭게 정하면서
전에 쓴 시들은 그대로 두되
순서만 좀 바꾸었습니다.
사이사이 최근의 신작도 곁들여
재구성해서 곱게 꾸며주신
열림원의 수고에 감사드립니다.

2015년 2월
부산 광안리 성베네딕도 수녀원에서
이해인 수녀

꽃자리 선물방

하얀 문을 열면 성당의 종탑과 이끼 낀 돌층계와 언덕길이 보이는 곳, 가끔 까치들이 산책 나오는 잔디밭과 채마밭이 보이는 곳, 갖가지 모양의 꽃들이 철 따라 고운 빛으로 피고 지는 꽃밭이 보이는 곳, 수녀원을 다녀가는 손님들의 가벼운 발걸음과 웃음소리가 음악으로 들려오는 곳.

나는 이 방을 '꽃자리 선물방' 또는 '누구라도 시인방'이라 부른다. 나는 매일 이 방에서 생각하고 기도하고 글을 쓰고 가끔은 음악을 들으며 사람들을 만난다. 이 방을 다녀가는 이들에게 나는 솔숲에서 주운 솔방울이나 바닷가에서 주워 온 조가비들, 몽당연필이나 앙증스런 색종이 상자를 작은 선물로 준다.

내게 말없이 참을성을 가르쳐주는 꽃과 나무들, 수도원 식구들, 독자들, 친지들……. 모두를 다시 소중한 선물로 받아 안으며 나는 오늘도 선물방 주인이 된다. 이 방을 항상 기쁨방, 나눔방의 꽃자리로 만들라는 우리 수녀님들의 목소리를 새겨듣는다.

생각을 잘 익혀야 좋은 시를 쓸 수 있고, 삶을 잘 익혀야 아름다운 사람으로 성숙할 수 있음을 새롭게 알아듣는 가을. 그동안 많은 이들로부터 사랑받은 기쁨을 다시 사랑으로 되돌려주고 싶은 나의 열망이 석류 열매처럼 툭 하고 쪼개지는 소리를 듣는 가을.

　　그동안 내가 빚어놓은 시의 글꽃들을 부족한 대로나마 곱게 엮어 사랑하는 이들에게 오랜만에 작은 선물로 바칠 수 있는 이 가을. 나는 새삼 행복하고 고마워서 눈물이 난다.

1999년 가을

이해인

차례

꽃씨를 닮은 마침표처럼

파도의 말

마음이 마음에게

아픈 날의 일기

별을 따르는 길

발문
'빈집'에 부치는 3일간의 가을 편지 | 김용택 · 219

• 이 책은 『외딴 마을의 빈집이 되고 싶다』의 개정증보판입니다.
  총 110편 가운데 35편이 2015년에 추가된 신작 시입니다.
  신작 시의 경우 우측 상단에 * 표시하였습니다.

꽃씨를 닮은 마침표처럼

봄 햇살 속으로

긴 겨울이 끝나고 안으로 지쳐 있던 나
봄 햇살 속으로 깊이깊이 걸어간다
내 마음에도 싹을 틔우고
다시 웃음을 찾으려고
나도 한 그루 나무가 되어 눈을 감고
들어가고 또 들어간 끝자리에는
지금껏 보았지만 비로소 처음 본
푸른 하늘이 집 한 채로 열려 있다

봄까치꽃

까치가 놀러 나온
잔디밭 옆에서

가만히 나를 부르는
봄까치꽃

하도 작아서
눈에 먼저 띄는 꽃

어디 숨어 있었니?
언제 피었니?

반가워서 큰 소리로
내가 말을 건네면

어떻게 대답할까
부끄러워
하늘색 얼굴이
더 얇아지는 꽃

잊었던 네 이름을 찾아
내가 기뻤던 봄

노래처럼 다시 불러보는
너, 봄까치꽃

잊혀져도 변함없이
제자리를 지키며
나도 너처럼
그렇게 살면 좋겠네

춘분 일기

바람이 불 듯 말 듯
꽃이 필 듯 말 듯

해마다 3월 21일은
파밭의 흙 한 줌 찍어다가
내가 처음으로
시를 쓰는 날입니다

밤과 낮의 길이가
똑같다구요?

모든 이에게
골고루 사랑을 나누어주는
봄 햇살 엄마가 되고 싶다고

춘분처럼
밤낮 길이 똑같아서 공평한
세상의 누이가 되고 싶다고
일기에 썼습니다

아직 겨울이 숨어 있는
꽃샘바람에
설레며 피어나는
내 마음의 춘란 한 송이

오늘따라
은은하고
어여쁩니다

시의 집

나무 안에 수액이 흐르듯
내 가슴 안에는
늘 시가 흘러요

빛깔도 냄새도
말로는 다 설명할 수 없어
그냥 흐르게 놔두지요

여행길에 나를 따라오는 달처럼
내가 움직일 때마다
조용히 따라오는……

슬플 때도
힘이 되어주는 시가 흘러
고마운 삶이지요

그리움의 꽃

너를 향한
그리움이

아침엔
나팔꽃

저녁엔
분꽃

밤에는
달맞이꽃

그리고
높이 뻗어가는
담쟁이 덩굴

어디서 끝이 날진
나도 모르겠다

꽃씨를 닮은 마침표처럼

내가 심은 꽃씨가
처음으로 꽃을 피우던 날의
그 고운 설렘으로

며칠을 앓고 난 후
창문을 열고
푸른 하늘을 바라볼 때의
그 눈부신 감동으로

비 온 뒤의 햇빛 속에
나무들이 들려주는
그 깨끗한 목소리로

별것 아닌 일로
마음이 꽁꽁 얼어붙었던
친구와 오랜만에 화해한 후의
그 티 없는 웃음으로

나는 항상
모든 사람을 사랑하고 싶다

못 견디게 힘든 때에도
다시 기뻐하고
다시 시작하여
끝내는 꽃씨를 닮은 마침표 찍힌
한 통의 아름다운 편지로
매일을 살고 싶다

나를 키우는 말

행복하다고 말하는 동안은
나도 정말 행복해서
마음에 맑은 샘이 흐르고

고맙다고 말하는 동안은
고마운 마음 새로이 솟아올라
내 마음도 더욱 순해지고

아름답다고 말하는 동안은
나도 잠시 아름다운 사람이 되어
마음 한 자락이 환해지고

좋은 말이 나를 키우는 걸
나는 말하면서
다시 알지

나무 책상

숲의 향기 가득히 밴
나무 책상을 하나 갖고 싶다

편히 엎디어 공상도 하고
나무 냄새 나는 종이를 꺼내
그림도 그리고 편지도 쓰고
시의 꽃을 피우면서
선뜻 나를 내려놓아도 좋을
부담 없는 친구 같은 책상을
곁에 두고 싶다

동서남북 네 귀퉁이엔
비밀스런 꿈도 심어야지
외롭다고 느낄 때마다
살짝 웃어보는 나를
어진 마음으로 받아주는 그

평범해 보이지만 아름다운 깊이로
나를 제자리에 앉히는
향기로운 나무 책상을 하나 갖고 싶다

풀꽃의 노래

나는 늘
떠나면서 살지

굳이
이름을 불러주지 않아도 좋아

바람이 날 데려가는 곳이라면
어디서나 새롭게 태어날 수 있어

하고 싶은 모든 말들
아껴둘 때마다
씨앗으로 엉그는 소리를 듣지

너무 작게 숨어 있다고
불완전한 것은 아니야
내게도 고운 이름이 있음을
사람들은 모르지만
서운하지 않아

기다리는 법을

노래하는 법을
오래전부터
바람에게 배웠기에
기쁘게 살 뿐이야

푸름에 물든 삶이기에
잊혀지는 것은
두렵지 않아

나는 늘
떠나면서 살지

바람에게

몸이 아프고
마음이 우울한 날
너는 나의
어여쁜 위안이다, 바람이여

창문을 열면
언제라도 들어와
무더기로 쏟아내는
네 초록빛 웃음에 취해
나도 바람이 될까

근심 속에 저무는
무거운 하루일지라도
자꾸 가라앉지 않도록
나를 일으켜다오
나무들이 많이 사는
숲의 나라로 나를 데려가다오
거기서 나는 처음으로
사랑을 고백하겠다
삶의 절반은 뉘우침뿐이라고

눈물 흘리는 나의 등을 토닥이며
묵묵히 하늘을 보여준 그 한 사람을
꼭 만나야겠다

나비에게

너의 집은
어디니?

오늘은
어디에 앉고 싶니?

살아가는 게
너는 즐겁니?
죽는 게 두렵진 않니?

사랑과 이별
인생과 자유
그리고 사람들에 대해서

나는 늘
물어볼 게 많은데

언제 한번
대답해주겠니?

너무 바삐 달려가지만 말고
지금은 잠시
나하고 놀자

갈 곳이 멀더라도
잠시 쉬어가렴
사랑하는 나비야

꽃 이름 외우듯이

우리 산
우리 들에 피는 꽃
꽃 이름 알아가는 기쁨으로
새해, 새날을 시작하자

회리바람꽃, 초롱꽃, 돌꽃, 벌깨덩굴꽃
큰바늘꽃, 구름체꽃, 바위솔, 모싯대
족두리풀, 오이풀, 까치수염, 솔나리

외우다 보면
웃음으로 꽃물이 드는
정든 모국어
꽃 이름 외우듯이
새봄을 시작하자
꽃 이름 외우듯이
서로의 이름을 불러주는 즐거움으로
우리의 첫 만남을 시작하자

우리 서로 사랑하면
언제라도 봄

먼 데서도 날아오는 꽃향기처럼
봄바람 타고
어디든지 희망을 실어 나르는
향기가 되자

바람이 내게 준 말

넌 왜
내가 떠난 후에야
인사를 하는 거니?

고맙다고
사랑한다고
왜 제때엔 못 하고
한발 늦게야 표현을 하는 거니?

오늘도
이끼 낀 돌층계에 앉아
생각에 잠긴 너를
나는 보았단다

봉숭아 꽃나무에
물을 주는 너를
내가 잘 익혀놓은
동백 열매를 만지작거리며
기뻐하는 너를
지켜보았단다

언제라도
시를 쓰고 싶을 땐
나를 부르렴

어느 계절에나
나는 네게 달려갈
준비가 되어 있단다
나의 걸음은
네게로 달려가는
내 마음보다도 빠르단다

사랑하고 싶을 땐
나를 부르렴

나는 누구의 마음도 다치지 않으면서
심부름 잘하는
지혜를 지녔단다

세월이 가도 늙지 않는
젊음을 지녔단다

꿈을 위한 변명

아직 살아 있기에
꿈을 꿀 수 있습니다

꿈꾸지 말라고
강요하지 마세요
꿈이 많은 사람은
정신이 산만하고
삶이 맑지 못한 때문이라고
단정 짓지 마세요

나는 매일
꿈을 꿉니다
슬퍼도 기뻐도
아름다운 꿈
꿈은 그대로 삶이 됩니다

오늘의 이야기도
내일의 이야기도
꿈길에 그려질 때가
생각보다 많습니다

꿈이 없는 삶
삶이 없는 꿈은
얼마나 지루할까요

죽으면 꿈이 멎겠지만
살아 있는 동안은
꿈을 꾸고 싶습니다
꿈이 있어 외롭지 않았다고
말할 수 있습니다

추억 일기 1

"엄마, 나야. 문 열어줘"
어느 날 해 질 녘
수녀원 옆집에서 들려오는
소녀의 고운 목소리

그 옛날
골목길에 들어서면
파란 대문 앞에서
내가 했던 그 소리

어둠 속의 그 말이
하도 정겨워서
울컥 치미는 그리움

어린 시절 동무들은
엄마를 거쳐
이젠 할머니도 되었는데

난 한평생
누구에게도 엄마 한 번 되지 못하고

철없는 아이로만 살았구나

어린 꽃에게 나무에게라도
가만히 엄마라고 불러달랄까?

감옥에서 나더러
엄마가 되어달라는 소년의 글엔
아직 답을 못하겠다

추억 일기 2

1

"넌 그때 왜 그랬니?
온 식구가 찾아 헤맨 끝에 보니
어느 골방에서 배시시 웃으며
걸어 나오더구나. 쬐끄만 애가 말이야"

어린 시절
함께 지내던 고모님이
어느 날 불쑥 던지신 이야기 속으로
문득 걸어 나오는 다섯 살짜리 아이

조그만 크기의 라디오 하나 들고
아무도 없는 구석방에 들어가
알아들을 수 없는 원리를 캐내려고
꽤나 고민했다
작은 라디오 안에
어떻게 큰 사람이 들어가서
말을 하고 있는지
하도 신기하고 경이로워서
밥도 굶고 앉아 있었다

보이지 않는 세계와의
첫 만남은 그렇게 시작되었다

2
하루에도 몇 번씩
서랍을 열 때마다
문득 그리워지는
내 유년의 비밀서랍
비밀도 없는데
비밀서랍을 만든 것은
누군가 봐주길 바라는
허영심 때문이었을까?

인형의 옷을 해 입힐
색종이와 자투리 헝겊
미래의 꿈과 동요가 적힌
공책과 몽당연필이
가득 들어찼던
내 어린 시절의 서랍은
어둠조차 설렘으로 빛나던

보물상자였는데

많은 세월이 지난 지금
내 서랍 속엔
쓸모없는 낙서와 먼지
내가 만든 근심들만
수북이 쌓여 있다

3
하루 종일
종이인형을 만들며
함께 꿈을 키우던
동그스름한 얼굴의
소꿉친구가 그리운 날

노오란 은행잎을
편지 대신
내 손에 쥐어주던
눈이 깊은 소년이
보고 싶은 날

나는 색종이 상자를 꺼내
새를 접고
꽃을 접는다

아주 작은 죄도
지을 수 없을 것 같은
푸른 가을날

가장 아름다운 그림 물감을
내 마음에 풀어
제목 없는 그림을
많이도 그려본다

구름의 노래

1
구름도 이젠
나이를 먹어 담담하다 못해
답답해졌나?

하늘 아래
새것도 없고
놀라울 것도 없다고
감탄사를 줄였나?

그리움도 적어지니
괴로움도 적어지지?

거룩한 초연함인지
아니면 무디어서 그런 건지
궁금하고 궁금하다

대답해주겠니?

2
나의 삶은
당신을 향해 흐르는
한 장의 길고 긴
연서였습니다

새털구름
조개구름
양떼구름
꽃구름

뭉게뭉게 피어오르는
여러 형태의 무늬가 가득하여
삶이 지루한 줄 몰랐습니다

오늘도 나는
열심히 당신을 찾고 있군요
내 안에는 당신만 가득하군요

보이는 그림은 바뀌어도

숨은 배경인 내 마음은
바뀌지 않았다고

나는 구름으로 흐르며
당신에게 편지를 씁니다

하늘을 보며

오늘은 아무 생각 않고
하늘만 보며 행복하다
넓고 높아 좋은 하늘
내가 하고 싶은 모든 말들
다 거기에 있다
보고 싶은 사람들도
말없이 웃으며 손을 흔든다
한없이 푸른
나의 하늘 나의 거울
너무 투명해서
오늘도 눈물이 난다

매화 앞에서

보이지 않기에
더욱 깊은
땅속 어둠
뿌리에서
줄기와 가지
꽃잎에 이르기까지
먼 길을 걸어온
어여쁜 봄이
마침내 여기 앉아 있네

뼛속 깊이 춥다고 신음하며
죽어가는 이가
마지막으로 보고 싶어 하던
희디흰 봄 햇살도
꽃잎 속에 접혀 있네

해마다
첫사랑의 애틋함으로
제일 먼저 매화 끝에
피어나는 나의 봄

눈 속에 묻어두었던
이별의 슬픔도
문득 새가 되어 날아오네
꽃나무 앞에 서면
갈 곳 없는 바람도
따스하여라

'살아갈수록 겨울은 길고
봄이 짧더라도 열심히 살 거란다
그래, 알고 있어
편하게만 살 순 없지
매화도 내게 그렇게 말했단다'
눈이 맑은 소꿉동무에게
오늘은 향기 나는 편지를 쓸까

매화는 기어이
보드라운 꽃술처럼 숨겨두려던
눈물 한 방울 내 가슴에 떨어뜨리네

파 도 의 말

어느 꽃에게

넌 왜
나만 보면
기침을 하니?
꼭 한마디 하고 싶어 하니?

속으로 아픈 만큼
고운 빛깔을 내고
남 모르게 아픈 만큼
사람을 깊이 이해할 수 있다고
오늘도 나에게 말하려구?

밤낮의 아픔들이 모여
꽃나무를 키우듯
크고 작은 아픔들이 모여
더욱 향기로운 삶을 이루는 거라고
또 그 말 하려구?

해 질 무렵 어느 날

꽃 지고 난 뒤
바람 속에 홀로 서서
씨를 키우고
씨를 날리는 꽃나무의 빈집

쓸쓸해도 자유로운
그 고요한 웃음으로
평화로운 빈손으로

나도 모든 이에게
살뜰한 정 나누어주고
그 열매 익기 전에
떠날 수 있을까

만남보다
빨리 오는 이별 앞에
삶은 가끔 눈물겨워도
아름다웠다고 고백하는
해 질 무렵 어느 날

애틋하게 물드는
내 가슴의 노을빛 빈집

상사화

아직 한 번도
당신을
직접 뵙진 못했군요

기다림이 얼마나
가슴 아픈 일인가를
기다려보지 못한 이들은
잘 모릅니다

좋아하면서도
만나지 못하고
서로 어긋나는 안타까움을
어긋나보지 않은 이들은
잘 모릅니다

날마다 그리움으로 길어진 꽃술
내 분홍빛 애틋한 사랑은
언제까지 홀로여야 할까요?

오랜 세월

침묵 속에서
나는 당신께 말하는 법을 배웠고
어둠 속에서
위로 없이도 신뢰하는 법을
익혀왔습니다

죽어서라도 꼭
당신을 만나야지요
사랑은 죽음보다 강함을
오늘은 어제보다
더욱 믿으니까요

여름 일기

1
사람들은
나이 들면
고운 마음
어진 웃음
잃기 쉬운데
느티나무여

당신은 나이 들어도
어찌 그리 푸른 기품 잃지 않고
넉넉하게 아름다운지
나는 너무 부러워서
당신 그늘 아래
오래오래 앉아서
당신의 향기를 맡습니다
조금이라도 당신을 닮고 싶어
시원한 그늘 떠날 줄을 모릅니다

당신처럼 뿌리가 깊어 더 빛나는
시의 잎사귀를 달 수 있도록

나를 기다려주십시오
당신처럼 뿌리 깊고 넓은 사랑을
나도 하고 싶습니다

2
사계절 중에
여름이 제일 좋다는
젊은 벗이여
나는 오늘
달고 맛있는
초록 수박 한 덩이
그대에게 보내며
시원한 여름을 가져봅니다

한창 진행 중이라는
그대의 첫사랑도
이 수박처럼
물기 많고
싱싱하고
어떤 시련 중에도

모나지 않은 둥근 힘으로
끝까지 아름다울 수 있기를
해 아래 웃으며 기도합니다

3
바다가 그리운 여름날은
오이를 썰고
얼음을 띄워
미역냉국을 해먹습니다

입안에 가득 고여오는
비릿한 바다 내음과
하얀 파도소리에
나는 어느새 눈을 감고
해녀가 되어
시의 전복을 따러 갑니다

가을 편지

초록의 바다 위에
엎질러놓은
저 황홀한 불빛의
세례성사

솔숲 사이로 빛나는
한 그루 단풍나무처럼
그대는 내 앞에 계십니다

푸름 속에 혼자 붉어
가을 내내
눈길을 주게 되는
단풍나무 한 그루처럼

나도 자꾸
그대를 향해 있는
눈부신 가을 오후

파도의 말

울고 싶어도
못 우는 너를 위해
내가 대신 울어줄게
마음 놓고 울어줄게

오랜 나날
네가 그토록
사랑하고 사랑받은
모든 기억들
행복했던 순간들

푸르게 푸르게
내가 대신 노래해줄게

일상이 메마르고
무디어질 땐
새로움의 포말로
무작정 달려올게

버섯에게

햇볕 한 줌 없는
그늘 속에서도
기품 있고 아름답게
눈을 뜨고 사는 너

어느 디자이너도
흉내 낼 수 없는
너만의 빛깔과 무늬로
옷을 차려입고서
누가 보아주지 않아도
멋진 꿈을 펼치는구나

넌 이해할 수 있니?
기쁨 뒤에 가려진 슬픔
밝음 뒤에 가려진 그늘
웃음 뒤에 가려진 눈물의 의미를?

한세상을 살면서
드러나는 것만이 전부가 아님을
너는 누구보다 잘
이해할 수 있겠니?

장미를 생각하며

우울한 날은
장미 한 송이 보고 싶네

장미 앞에서
소리 내어 울면
나의 눈물에도 향기가 묻어날까

감당 못할 사랑의 기쁨으로
내내 앓고 있을 때
나의 눈을 환히 밝혀주던 장미를
잊지 못하네

내가 물 주고 가꾼 시간들이
겹겹의 무늬로 익어 있는 꽃잎들 사이로
길이 열리네

가시에 찔려 더욱 향기로웠던
나의 삶이
암호처럼 찍혀 있는
아름다운 장미 한 송이

'살아야 해, 살아야 해'
오늘도 내 마음에
불을 붙이네

석류의 말

감추려고
감추려고
애를 쓰는데도

어느새
살짝 삐져나오는
이 붉은 그리움은
제 탓이 아니에요

푸름으로
눈부신
가을 하늘 아래

가만히 서 있는 것만으로도
너무 행복해서
터질 것 같은 가슴

이젠 부끄러워도
할 수 없네요

아직은
시고 떫은 채로
그대를 향해
터질 수밖에 없는

이 한 번의 사랑을
부디 아름답다고
말해주어요

앞치마를 입으세요

삶이 지루하거든
앞치마를 입으세요

꽃밭에 물을 줄 땐
꽃무늬의 앞치마를

부엌에서 일을 할 땐
줄무늬의 앞치마를

청소하고 빨래할 땐
물방울무늬의 앞치마를
입어보세요

흙냄새 비누냄새 반찬냄새
그대의 땀냄새를 풍기며
앞치마는 속삭일 거예요

그대의 삶을
있는 그대로 받아들이라고
조금 더 기쁘게

움직여 보라고

앞치마는 그대 앞에서
끊임없이 꿈을 꾸며
희망을 재촉하는
친구가 될 거예요

때로는
하늘과 구름도
담아줄 거예요

왜 그럴까, 우리는

자기의 아픈 이야기
슬픈 이야기는
그리도 길게 늘어놓으면서

다른 사람들의 아픈 이야기
슬픈 이야기에는
전혀 귀 기울이지 않네
아니, 처음부터 아예
듣기를 싫어하네

해야 할 일 뒤로 미루고
하고 싶은 것만 골라 하고
기분에 따라
우선순위를 잘도 바꾸면서
늘 시간이 없다고 성화이네

저 세상으로 떠나기 전
한 조각의 미소를 그리워하며
외롭게 괴롭게 누워 있는 이들에게도
시간 내어주기를 아까워하는

건강하지만 인색한 사람들
늘 말로만 그럴듯하게 살아 있는
자비심 없는 사람들 모습 속엔
분명 내 모습도
들어 있는 걸
나는 알고 있지

정말 왜 그럴까
왜 조금 더
자신을 내어놓지 못하고
그토록 이기적일까, 우리는……

전화를 걸 때면

사랑하는 너에게
전화를 걸기 전에
나는 늘 두렵다

너의 '부재중'이 두렵고
자동응답기가 전해줄
정감 없는 목소리가
너 같지 않아서 두렵고
낯선 누군가
우리의 이야기를 엿들을까 두렵다

그리고 미안하지만
왠지 전화로는
내 마음을 다 이해 못할 것 같은
너에 대한 약간의 불신이 두렵고
시간이 급히 달려와서
우리의 이별을 재촉하는 듯한 서운함이
나를 슬프게 한다

먼 거리도 가까이 이어주는

고마운 선이
내게는 탁탁 끊기는
불협화음의 쓸쓸함으로 남아
떠나질 않고 있으니
나는 오늘도 네게
전화를 걸 수 없다

편지 쓰기

내 일생 동안
매일매일
편지를 썼으니
하늘나라에 가서도
나는 너에게
편지를 쓸까

내가 처음으로
너를 좋아할 때의
설렘으로
따뜻함으로
편지를 써야겠다

한때는 목숨 걸고
힘들게 글을 썼지만
하늘나라에서는
더욱 즐겁게
여유 있게
담백하게

죄 없이 순결한
편지를 써야겠어
너는 답장 대신
흰 구름을 올려다보렴

슬픔의 빛깔

내가 종종 빠져드는 슬픔
슬픔에도 빛깔이 있다면
무슨 빛일까

차디찬 하얀빛?
어두운 검은빛?
신비한 보랏빛?

어느 날
혼자서 궁리를 해보지만
딱히 떠오르지 않아

나는 그냥
멈추지 않고 솟아오르는
눈물빛이라고 말하겠다

사랑하는 이와의
만남과 이별의 추억이 담긴
눈물빛

삶의 어느 순간에
너무 행복해서
감동으로 흘렸던
맑고 투명한 눈물빛

그래 기쁨과 같이 사는
슬픔이야말로 가장
아름다운 눈물빛이다

등 뒤에서 하는 말

누군가 내 등 뒤에서
하는 말들이
바람 속에 날아오면
안고 싶지 않아도
일단은 안아야 하지

그 말을 키우다가
민들레 솜털처럼
적당한 시기에
다시 날려 보내며

믿을 사람
아무도 없다고 말하고 싶네
친한 사람이
내 뒤에서 하는 말도
끝까지 모르는 척 해야지
결심은 하지만

왠지 슬퍼서
조금은 울고 싶네

꿈속의 꽃

오랜 세월
내 사랑하는 친구
나에 대해서
누구보다 잘 안다고 생각한 친구가
어느 날 정색을 하고
다른 이의 말만 듣고
나를 마구 다그쳤지
그게 아닌데
그게 아닌데
변명도 못 하고
마음으로 끙끙 앓다
잠이 들었지
빨갛게 피 흘리는 동백꽃으로
하얗게 눈물 흘리는 매화로
그래도 사랑한다 고백하며
나는 그대로 꽃이 되고 있었지
말로 다하지 못한 나의 생각이
꽃으로 피어나고 있었지

치통

치아 하나가 고장 나니
머리도 무겁고
온몸이 아프네
하루 종일
일도 못 하게 하는
통증은 힘들어서
피하고 싶은 것
원망은 안 하지만
아프다고 말해볼까
그러나
아프다고
자꾸 말하다 보면
나의 인내심이
바닥을 드러낼까봐
가능하면 일단은
참는 게 좋을 것 같네

조그만 행복

바닷가에 가면
조개껍질

솔숲에 가면
솔방울

동심을 잃지 않고 싶은 내게
평생의 노리개였지

예쁜 마음으로 주워서
예쁜 마음으로 건네면

별것 아닌 조그만 게
행복을 준다며
아이처럼 소리 내어
웃는 사람들

그들 덕분에
나도 내내
행복하였다

꿈길에서 1

살아 있는 동안은
매일 밤 꿈을 꾸며
조금씩 키가 크고
마음도 넓어지네

꿈에 가보는
그 많은 길들과
약속 없이 만나는
수많은 사람들

낯설고 낯익은
꿈속의 현실이
소리 없이 가르쳐준
삶의 이야기들

한 번 꾸고
사라질 꿈도
삶을 빛내느니
세상 어디에도
버릴 것은 없어라

살아 있어 꿈을 꾸고
꿈이 있어 행복하다고
나는 말하리

꿈길에서 2

나는 늘
꿈에도
길을 가지
남들이 가지 않으려는
멀고도 좁은 길을

낯익은 사람
낯선 사람
꿈속에선 모두
가까운 동행인이 되지

꿈속의 길이라고
더 새롭지도 않은
나의 평범한 길을
열심히 걷다 보면
깨어나서도 내내
기쁨으로 흘러가는
나의 시간들

마음도 걸음도

흩어지지 않으려고
꿈에도 연습을 많이 했지
나를 길들이며
누구에게나
떳떳하고 아름다운 이웃으로
문을 열고 싶었지

쌀 노래

나는 듣고 있네
내 안에 들어와
피가 되고
살이 되고
뼈가 되는
한 톨의 쌀의 노래
그가 춤추는 소리를

쌀의 고운 웃음
가득히 흔들리는
우리의 겸허한 들판은
꿈에서도 잊을 수 없네

하얀 쌀을 씻어
밥을 안치는 엄마의 마음으로
날마다 새롭게
희망을 안쳐야지

적은 양의 쌀이 불어
많은 양의 밥이 되듯

적은 분량의 사랑으로도
나눌수록 넘쳐나는 사랑의 기쁨

갈수록 살기 힘들어도
절망하지 말아야지
밥을 뜸 들이는 기다림으로
모락모락 피어오르는 희망으로
내일의 식탁을 준비해야지

이별 노래

떠나가는 제 이름을
부르지 마십시오
이별은
그냥 이별인 게 좋습니다

남은 정 때문에
주저앉지 않고
갈 길을 가도록 도와주십시오

그리움도
너무 깊으면 병이 되듯이
너무 많은 눈물은
다른 이에게 방해가 됩니다

차고 맑은 호수처럼
미련 없이 잎을 버린
깨끗한 겨울나무처럼
그렇게 이별하는 연습이
우리에겐 필요합니다

우표를 사면서

슬플 때는
슬픈 그림이 담긴
우표를 삽니다

기쁠 때는
기쁜 그림이 담긴
우표를 삽니다

편지도 쓰기 전에
나는 그리움을 담은
한 편의 시가 되어
행복합니다

보름달은 우리에게

사람들은
달을 보고
저마다 다른 소원을
빌고 또 빌어도

달님은 그저
그래 그래
고개 *끄덕*이며
담백한 표정으로
응답하고 있네

둥글게 살고 싶어도
뜻대로 안 된다고
둥글게 사랑하고 싶어도
미운 사람이 자꾸 생겨서
속상하다고 푸념을 해도

달님은 그저
그래 그래
고개 *끄덕*이며

웃기만 하네

자꾸 하늘만 쳐다보지 말고
이 땅에 살면서
조금씩 조금씩
둥근 달이 되라고 하네

마 음 이   마 음 에 게

여행길에서

우리의 삶은
늘 찾으면서 떠나고
찾으면서 끝나지

진부해서 지루했던
사랑의 표현도
새로이 해보고
달밤에 배꽃 지듯
흩날리며 사라졌던
나의 시간들도
새로이 사랑하며
걸어가는 여행길

어디엘 가면
행복을 만날까

이 세상 어디에도
집은 없는데……
집을 찾는 동안의 행복을
우리는 늘 놓치면서 사는 게 아닐까

유리창

가끔
유리창에
이마를 대고

웃다가
울다가
어른이 되고
삶을 배웠네

하늘과 구름과 바람
해와 달과 별
비와 꽃과 새

원하는 만큼
아름다운 모든 것을
내 앞으로
펼쳐 보이던 유리창

30년을 사귄 바다까지
내 방으로 불러들여

날마다 출렁이게 했지

이제는 내가
누군가의 투명한
문으로 열려야 할 차례라고
넌지시 일러주는
유리창의 푸른 노래
내 삶의 기쁨이여

밥집에서
— 1999년 8월

"밥 좀 많이 주이소"

며칠 동안의 허기를
한꺼번에 채우려는 듯
내일의 몫까지 미리 채우려는 듯
그릇을 들고 오는 이들마다
일제히 큰 소리로 외치는
이곳, 성 분도 두레상

나는 팔목이 아프도록
밥을 푸고 또 퍼도
다시 반복되는 후렴
"밥 좀 많이 주이소"

많이많이 드시고 또 오세요
인사말을 건네는데
장미 가득한 정원의 성모상도
이쪽으로 걸어오시네

밥이 곧 생명이고 기쁨이고

삶의 행복임을
나머지는 다 그 다음 문제임을
다시 알아듣는 곳
나도 잠시 배고프니
조금 더 알아듣겠다

시가 익느라고

오 그랬구나

내가 여러 날
열이 나고
시름시름 아픈 건

내 안에서 소리 없이
시가 익어가느라고 그런 걸
미처 몰랐구나

뜸 들일 새 없이
밖으로 나올까
조바심하느라고
잠들지 못한 시간들

그래 알았어
익지 않은 것은
내놓지 않고 싶어
그러나 이왕 내놓은 걸
안 익었다고

사람들이 투정하면
그러면 나는 어떻게 하지?

까치에게

오늘은 손님이 오시겠다고
노래하는 거니?

어른에겐
어른이 되고

어린이에겐
어린이가 되어

정성을 다해야
후회 없을 거라고

내가 고마운 마음으로
곱게 대답할 때까지

넌 멈추지도 않고
소리를 높이는구나

그래 알았어
잘해 볼게

잔소리도 노래로 엮어
나를 교육하는 네가 있어

오늘도 행복하다

연필을 깎으며

오랜만에
연필을 깎으며
행복했다

풋과일처럼
설익은 나이에
수녀원에 와서
채 익기도 전에
깎을 것은 많아
힘이 들었지

이기심
자존심
욕심

너무 억지로 깎으려다
때로는
내가 통째로 없어진 것 같았다
내가 누구인지 잘 몰라
대책 없는 눈물도 많이 흘렸다

중년의 나이가 된 지금
아직도 내게 불필요한 것들을
다는 깎아내지 못했지만
나는 그런대로
청빈하다고
자유롭다고
여유를 지니며
곧잘 웃는다

나의 남은 날들을
조금씩 깎아내리는 세월의 칼에
아픔을 느끼면서도
행복한 오늘

나 스스로 한 자루의 연필로
조용하고 자연스럽게
깎이면서 사는 지금
나는 웬일인지
쓸쓸해도 즐겁다

사랑에 대한 단상

1
나의 사랑에선
늘 송진 향기가 난다

끈적거리지만
싫지 않은
아주 특별한 맛

나는 평생
이 향기를 마시기로 한다
아니 열심히 씹어보기로 한다

2
흔들리긴 해도
쓰러지진 않는
나무와 같이
태풍을 잘 견디어낸
한 그루 나무와 같이

오늘까지

나를 버티게 해준
슬프도록 깊은 사랑이여
고맙고 고마워라

아직도 내 안에서
휘파람을 불며
크고 있는 사랑이여

3
내 마음 안에
이렇듯 깊은 우물 하나
숨어 있는 줄을 몰랐다

네가 나에게
사랑의 말 한마디씩
건네줄 때마다
별이 되어 찰랑이는 물살

어디까지 깊어질지
감당 못하면 어쩌나

두려워하면서도
아름다움으로 빛나는
낯선 듯 낯익은
나의 우물이여

고독에게 1

나의 삶이 느슨해지지 않도록
먼 데서도 팽팽하게
나를 잡아당겨 주겠다구요?

얼음처럼 차갑지만
순결해서 좋은 그대

오래 사귀다 보니
꽤 친해졌지만
아직은
함부로 대할 순 없는 그대

내가 어느새
자아도취에 빠지지 않게
그 맑고 투명한 눈빛으로
나를 지켜주겠다구요?

고맙다는 말을
이제야 전하게 돼
정말 미안해요

고독에게 2

당신은
나를 바로 보게 하는
거울입니다

가장 가까운 벗들이
나의 약점을 미워하며
나를 비켜갈 때

노여워하거나
울지 않도록
나를 손잡아준 당신

쓰라린 소금을 삼키듯
절망을 삼킬 수 있어야
하얗게 승화될 수 있음을

진정 겸손해야만
삶이 빛날 수 있음을
조심스레 일러준 당신

오늘은 당신에게
감사의 들꽃 한 묶음
꼭 바치렵니다

제 곁을 떠나지 말아주세요
천년이 지나도 녹지 않는
아름다운 얼음 공주님……

어머니의 방

낡은 기도서와
가족들의 빛바랜 사진
타다 남은 초가 있는
어머니의 방에 오면

철없던 시절의
내 목소리 그대로 살아 있고
동생과 소꿉놀이하며 키웠던
석류빛 꿈도 그대로 살아 있네

어둡고 고달픈 세월에도
항상 희망을 기웠던
어머니의 조각보와
사랑을 틀질했던
어머니의 손재봉틀을 만져보며

이제 다시
보석으로 주워 담는
어머니의 눈물
그 눈물의 세월이

나에겐 웃음으로 열매 맺었음을
늦게야 깨닫고 슬퍼하는
어머니의 빈방에서
이젠 나도 어머니로 태어나려네

기차를 타요

우리 함께
기차를 타요

도시락 대신
사랑 하나 싸들고

나란히 앉아
창밖을 바라보며

서로의 마음과 마음을
이어서 길어지는
또 하나의 기차가 되어
먼 길을 가요

감자의 맛

통째로 삶은
하얀 감자를
한 개만 먹어도

마음이
따뜻하고
부드럽고
넉넉해지네

고구마처럼
달지도 않고
호박이나 가지처럼
무르지도 않으면서

싱겁지는 않은
담담하고 차분한
중용의 맛

화가 날 때는
감자를 먹으면서
모난 마음을 달래야겠다

마음에 대하여

마음 찾기

1
숨어 있기 싫어서인가?
가끔은 내 마음도
집 밖으로 외출을 한다

그가 빨리 돌아오지 않아
내내 불편하고
잠이 오지 않았다

그를 기다리는 시간이
지루하고 괴로웠다

2
내내 밖으로 서성이다
오랜만에
제자리로 돌아온
마음이여 고맙다

네가 가출한 동안은
단순한 일도 손에 안 잡히고
아무것도 할 수 없었다

울면서 기도해도
대답 없던 시간들

네가 돌아와
나의 삶은 다시
기쁨이 되었다

주인인 내가 너무 무관심해서
화가 났다구?

이젠 나도 잘할게

다시 만난 기념으로
아침엔 녹차 한잔
저녁엔 포도주 한잔 할까?

새들에게 쓰는 편지

철새들에게 — 순천만에서

검은머리물떼새
검은머리갈매기
혹부리오리
흑두루미

겨울 갈대밭에서
가만히 출석을 불러보네

너무 먼 길 오느라
멀미 나진 않았니?

얇은 날갯죽지와
가는 발목이 상하진 않았니?

텅 빈 들녘 어디가
그리 좋으니?
가야 할 길을 못 가고
늘 망설이기만 하는 사람들에게

떠나는 법을 가르쳐주렴
말보다 힘찬 날갯짓으로
희망을 보여주는 새야

바라보기만 해도
아련한 그리움으로
눈에 밟히는 여리고도 당찬 새야

가을 일기

잎새와의 이별에
나무들은 저마다
가슴이 아프구나

가을의 시작부터
시로 물든 내 마음
바람에 흔들리는 나뭇잎에
조용히 흔들리는 마음이
너를 향한 그리움인 것을
가을을 보내며
비로소 아는구나

곁에 없어도
늘 함께 있는 너에게
가을 내내
단풍 위에 썼던
고운 편지들이
한 잎 한 잎 떨어지고 있구나

지상에서 우리가

서로를 사랑하는 동안
붉게 물들었던 아픔들이
소리 없이 무너져 내려
새로운 별로 솟아오르는 기쁨을
나는 어느새
기다리고 있구나

기쁨 꽃

한 번씩
욕심을 버리고
미움을 버리고
노여움을 버릴 때마다
그래 그래
고개 끄덕이며
순한 눈길로
내 마음에 피어나는
기쁨 꽃, 맑은 꽃

한 번씩
좋은 생각 하고
좋은 말 하고
좋은 일 할 때마다
그래 그래
환히 웃으며
고마움의 꽃술 달고
내 마음 안에 피어나는
기쁨 꽃, 밝은 꽃

한결같은 정성으로
기쁨 꽃 피워내며
기쁘게 살아야지
사랑으로 가꾸어
이웃에게 나누어줄
열매도 맺어야지

다시 겨울 아침에

몸 마음
많이 아픈 사람들이
나에게 쏟아놓고 간 눈물이

내 안에 들어와
보석이 되느라고
밤새 뒤척이는
괴로운 신음소리

내가 듣고
내가 놀라
잠들지 못하네

힘들게 일어나
창문을 열면

나의 기침소리
알아듣는
작은 새 한 마리
나를 반기고

어떻게 살까
묻지 않아도

오늘은 희망이라고
깃을 치는 아침 인사에

나는 웃으며
하늘을 보네

친구에게

내게 기쁜 일이 있을 때마다
제일 먼저 달려와
웃으며 손잡아주는
봄 햇살 같은 친구야

내가 아프고 힘들어
눈물이 날 때마다
어느새 옆에 와서
"울지 마, 내가 있잖아"
라고 말해주던
눈이 맑은 친구야

내가 무얼 잘못해도
꾸지람하기 전에
기도부터 먼저 해주는
등대지기 같은 친구야

고마운 마음 전하고 싶어
새삼 너에게 편지를 쓰려니
"내 생일도 아닌데 편지를 쓰니?"

어느새 옆에 와서 참견하는 너

너와 함께 웃다가
나는 편지도 못 쓰고
네 이름만 가득히 그려놓는다
이름만 불러도
내 안에서 언제나
별이 되어 반짝이는
그리운 친구야

마음이 마음에게

내가 너무 커버려서
맑지 못한 것
밝지 못한 것
바르지 못한 것

누구보다
내 마음이
먼저 알고
나에게 충고하네요

자연스럽지 못한 것은
다 욕심이에요
거룩한 소임에도
이기심을 버려야
순결해진답니다

마음은 보기보다
약하다구요?
작은 먼지에도
쉽게 상처를 받는다구요?

오래오래 눈을 맑게 지니려면
마음 단속부터 잘해야지요

작지만 옹졸하진 않게
평범하지만 우둔하진 않게
마음을 다스려야
맑은 삶이 된다고
마음이 마음에게 말하네요

벗에게 1

내 잘못을 참회하고 나서
처음으로 맑고 투명해진
나의 눈물 한 방울
너에게 선물로 주어도 될까?

때로는 눈물도
선물이 된다는 걸
너를 사랑하며 알았어

눈물도 아름다운
사랑의 표현임을
네가 가르쳐주었어

나와의 첫 만남을
울면서 감격하던 너

너를 너무 사랑하게 될까봐
두려웠던 내 마음
이해하면서도 힘들었지?

나를 기다려주어 고맙고
나를 용서해주어 고맙고

그래서
지금은 내가 울고 있잖아

벗에게 2

내가 누구인지
벗이여
오늘은 그대에게 묻고 싶다

잠에서 깨어나
거울 앞에서 바라보는
낯선 얼굴의 나

밤길을 걷다
나를 따라붙는
나보다 큰
나의 검은 그림자가
두렵고 낯설었다

이젠 내가
나와 친해질 나이도 되었는데
갈수록 나에게서 멀어지는 슬픔

나를 찾지 못한 부끄러움에
오늘도 시름시름 앓고 있는 내게

벗이여
무슨 말이라도 해다오

벗에게 3

내가 죽더라도
너는 죽지 않으면 좋겠다
꼭 죽어야 한다면
내가 먼저 죽으면 좋겠다
아니, 더 솔직히 말하면
같은 날 같은 시에 죽으면 좋겠다

이 또한
터무니없는 욕심이라고
너는 담담히 말을 할까

우정보다 더 길고 깊은
하나의 눈부신 강이 있다면
그 강에 너를 세우겠다

사랑보다 더 높고 푸른
하나의 신령한 산이 있다면
그 산에 너를 세우겠다

내게 처음으로

하늘과 사람의 아름다움을 보여준
내 목숨보다
귀한 벗이여

아 픈   날 의   일 기

병원에서

건강할 적엔
잘 몰랐던 것
잊고 살았던 것

맥박
호흡
체온
혈압

이 중 두 개만
정상이어도
얼마나 기쁜지
얼마나 살고 싶은지!

병원에서 나의 소망은
나날이 작아지고 있네
그저 숨을 쉬는 것만도 감사하면서
겸손해지지 않을 수가 없네

사과를 먹으며

적당히 달콤하고
물기 많고
사각사각 소리도 나는
사과를 먹으면 행복하다

동그랗게 잘 익은
사과를 먹으면
세상도 둥글어 보이고
옆 사람도 예뻐 보이고
나는 조금 더 착해져서
웃는다

몸이 아플 때
약을 먹고 나서
음미하는 사과의 향기

나는 사과꽃 닮은
감사의 언어들을
가슴속에
꼭꼭 채워두네

병상 일기 1

수술실에서
수십 센티의 장을 절제한 이후

눈에는 안 보이고
느낌으로만 아는
불편한 결핍을
항상 안고 삽니다

짧아진 장의 길이만큼
나의 인생도
나의 시도
전에 비해
짧아진 것이
정말 확실한데

길게 꼬인
내 욕심의 길이는
좀체 줄지를 않아
고민입니다

병상 일기 2

아플 땐 누구라도
외로운 섬이 되지

하루 종일 누워 지내면
문득 그리워지는
일상의 바쁜 걸음
무작정 부럽기만 한
이웃의 웃음소리

가벼운 위로의 말은
가벼운 수초처럼 뜰 뿐
마음 깊이 뿌리내리진 못해도
그래도 듣고 싶어지네

남들 보기엔
별것 아닌 아픔이어도
삶보다는 죽음을
더 가까이 느껴보며
혼자 누워 있는 외딴섬

무너지진 말아야지
아픔이 주는 쓸쓸함을
홀로 견디며 노래할 수 있을 때
나는 처음으로
삶을 껴안는 너그러움과
겸허한 사랑을 배우리

병상 일기 3

이만큼 어른이 되어서도
몹시 아플 땐
"엄마" 하고 불러보는
나의 기도

이유 없이 칭얼대는 아기처럼
아플 땐
웃음 대신 눈물 먼저 삼키는
나약함을
하느님도 이해해주시리라

열꽃 가득한
내 이마를 내가 짚어보는
고즈넉한 오후

잘못한 것만
많이 생각나
마음까지 아프구나

창밖의 햇살을 끌어다

이불로 덮으며
나 스스로
나의 벗이 되어보는
외롭지만 고마운 시간

아픈 날의 일기

내 몸속에 들어간
독한 약들이
길을 못 찾고
헤매는 동안
나는 아프고

내 혼 속에 들어간
이웃의 어떤 말들이
길을 못 찾고
헤매는 동안
나는 슬프고

아프다고 말해도
정성껏 듣지 않고
그저 건성으로
위로하는 이들 때문에
나는 한 번 더 아프고

아프면서
배우는 눈물의 시간들

그래서 인생은
고통의 학교라고 했나보다

통증

하늘은 저리 푸른데
나는 계속 아프기만 하네
살은 찢어지고
뼈는 깎이는 것 같은
그러한 통증
말로는 표현이 안 되는
몸의 통증
삶의 통증
이럴 땐 어떻게 해야 할지?
누구에게 위로를 받아야 할지?

시간의 무게

살아갈수록
무겁게 오는 시간

시간의 무게에
견디다 못해
떨어지는 꽃잎들
시드는 사랑

무거운 게 힘들고
슬프지만
갈수록 나도
자꾸 무거워져
울지도 못하네

병원 가는 길

병원에 가는 길은
누가 옆에 있어도
누가 옆에 없어도

마음이 무겁고
불안하고
걱정이 된다

의사를 만나면
무슨 말을 할까?
그는 나에게
어떤 판단을 내릴까?

평소에 못 한 기도를
다 몰아서 하며
목적도 없는 간절한 말을
내내 되풀이한다

환자의 일생

누구나 아는 일이지만
환자의 일생은
끝도 없는 검사의 일생이고
약을 먹는 일생이지

너무 힘들다고
종종 투정을 해도
다들 그러려니 하고
아무도 심각하게 듣지 않는
그것이 때로는 슬퍼

몸이 아프면
결국
마음마저 아프게 되니
그것이 나는 슬퍼
멍하니 하늘만 보네

선인장의 고백

하나뿐인 사랑조차
고단하고
두려울 때가 있어요

황홀한 꽃 한 송이
더디 피워도 좋으니
조금 더 서늘한 곳으로
날 데려가주어요

목마르지 않을
지혜의 샘 하나
가슴에 지니고

이젠 그냥
그대 곁에서
조금 더 편히 쉬고 싶음을
용서해주어요

종소리

항상 들어도
항상 새로운
당신의 첫 소리

방황하며
지친 내 영혼
울다 울다 쓰러져
다시 들으며
나를 찾네

멀리 있고
높이 있어도
늘 가깝고
귀에 익은
그리움의 힘이여

죽어도 잊을 수 없고
절망 속에도
쉽게 떠날 수 없는
처음의 사랑이여

죽은 친구의 선물

나보다 먼저
하늘나라로 떠난 친구가
어느 날
꿈속에 찾아와
나에게 천당에서 빚은 거라며
예쁜 떡을 하나 건네주었다

하도 소중해서
내내 만지작거리다
주머니에 넣어두고
먹지는 못했다고
깨어나서 말했더니

옆에서 다들
'아이구 잘했네
먹었으면 따라갈 뻔했잖아?' 했다

아직은 살아 있는 이들끼리
하하 호호
유쾌하게 웃었다

하얀 수도복 곱게 차려입은
내 친구가
다시 보고 싶었다

몸이 하는 말

더 많이 아프기 전에, 주인님
나를 좀 더
따뜻하게 해 주세요

손발도 따뜻하게
가슴도 따뜻하게
머리도 따뜻하게 해 주세요

책상 앞에만 있지 말고
밖에 나가 산보도 하며
더 많이 움직여 주세요

갇혀 있는 나는
답답하답니다
이런저런 약들이
하도 많이 들어와
소화시킬 시간도 부족해요

제발 내 말을 허투루 듣지 말고
유념하여 주세요

잘 부탁해요, 주인님

낯설다

나는 많이 아파
종일 누워 있는데
창밖의 햇살은 눈부시고
새들의 노랫소리
그칠 줄 모르니
낯설다

너무 힘들어
문득 죽음이란 단어를
떠올리며 눈물 글썽이는데
무에 그리 즐거운지
웃고 떠드는 사람들
낯설다

삶이 외롭다는 생각을
하고 있는데
나를 찾아와서
자꾸 무언가를 부탁하는
착한 사람들
오늘 따라 매우 야속하다

낯설다

통증 단상

두통 치통
복통 근육통

예고 없이 왔다가
예고 없이 가는
통증의 종류는 많기도 하네

누가 물어봐도
설명이 안 되는 아픔들을
누가 이승에서의 '연옥보속'이라고
말을 한 것일까
오죽하면
차라리 죽는 게 더 낫다고
말을 하는 것일까

오늘 느닷없이 찾아온
나의 통증은
암이 주는 고통
삶이 주는 아픔

살아서는 끝나지 않은
이미 많은 이가 경험했어도
나는 처음으로 경험하여
두렵고도 두려운
고통의 선물이네

흰 구름의 말

흰 구름
흰 구름

하늘의
흰 구름이
내게 말했다

이리 오고 싶니?
나와 같이 살래?
나와 같이 떠날래?

내가 잠시
대답을 망설이는 동안
그는 어느새
사라지고 말았다

나는 그냥
지상에서
흰 구름이 되기로 한다

새벽 일기 1

오래전 가슴에 박힌
슬픔 하나가
오늘도 하늘 높이
새벽별로 떠서
나를 보고 웃고 있네

슬픔도
오랜 세월
갈고 닦으면
보석이 되나보다
보석으로 만든 반지 끼고
세상을 보니
든든하고 행복하다

새벽 일기 2

언제부터 그랬을까

새벽에 눈을 뜨면
입안이 마르고
쓰기만 해서

레몬 사탕이나
박하사탕이나
달고도 화한 것을
자꾸 찾게 되는데

혈당도 높으니
단것을 주의하라고
독이 된다고
교육도 받았지만
입이 쓴 걸 어떡하나

절제가 부족하다고
못마땅해 하다가도
내 몸에 필요하니까

당기는 것이라고
변명을 하게 되지
단것은 나에게
오늘도 유혹이고
생명인 거지

낮잠 일기

맛 좋은 잠
달콤한 잠
순결한 잠

잠의 행복에 취해
깨어나고 싶지 않은
어느 오후

밤에 자는 잠보다는
길이가 짧아도
깊이가 있는 낮잠

어느 날
다시는 못 깨어날
길고 긴 잠을 자는
그 순간까지
나는
맑고 밝은 낮잠을 자야지

꿈속에도

웃으면서 노래하면서
눈을 감아야지

별 을 따 르 는 길

.

햇빛 일기

어제는
먹구름
비바람

오늘은
흰 구름
밝은 햇빛

바삭바삭한 햇빛을
먹고 마셔서
근심 한 톨 없어진
내 마음의 하늘이
다시 열리니
여기가 바로
천국이네

수평선을 바라보며

당신은
늘 하늘과 맞닿아 있는
수평선과 같습니다

내가
다른 일에 몰두하다
잠시 눈을 들면
환히 펼쳐지는 기쁨

가는 곳마다
당신이 계셨지요
눈 감아도 보였지요

한결같은 고요함과
깨끗함으로
먼 데서도 나를 감싸주던

그 푸른 선은
나를 살게 하는 힘

목숨 걸고
당신을 사랑하길
정말 잘했습니다

소나무 연가

늘 당신께 기대고 싶었지만
기댈 틈을 좀체 주지 않으셨지요

험한 세상 잘 걸어가라
홀로서기 일찍 시킨
당신의 뜻이 고마우면서도
가끔은 서러워 울었습니다

한결같음이 지루하다고 말하는 건
얼마나 주제넘은 허영이고
이기적인 사치인가요

솔잎 사이로
익어가는 시간들 속에
이제 나도 조금은
당신을 닮았습니다

나의 첫사랑으로
새롭게 당신을 선택합니다

어쩔 수 없는 의무가 아니라
흘러넘치는 기쁨으로
당신을 선택하며
온몸과 마음이
송진 향내로 가득한 행복이여

시에게

수십 년 동안
한 번도 나를
배반한 적 없는 너는
나의 눈물겨운 첫사랑이다

밤새
파도로 출렁이며
나를 잠 못 들게 해도
반가운 얼굴

어쩌다
터무니없는 오해로
내가 외면을 해도
성을 내지 않고
슬며시 옆에 와서 버티고 섰는
아름다운 섬

아무리 고단해도
지치지 않는 법을
내게 가르쳐주는

보물섬이다, 너는

네가 있음으로 하여
더욱 살고 싶은 세상에서
이젠 나도
더 이상 너를
배반하지 않겠다

건망증

금방 말하려고 했던 것
글로 쓰려고 했던 것
잊어버리다니

너무 잘 두어서
찾지 못하는 물건
너무 깊이 간직해서
꺼내 쓰지 못하는
오래된 생각들

하루 종일 찾아도
소용이 없네

헛수고했다고
종이에 적으면서
마음을 고쳐먹기로 한다

이 세상 떠날 때도
잊고 갈 것
두고 갈 것

너무 많을 테니
미리 작은 죽음을
연습했다고 치지 뭐

고마운 손

손톱을 깎다가
문득
처음 만난 듯
반가운 나의 손

매일 세수하고 밥을 먹고
청소하고 빨래하고
글을 쓰면서도
고마운 마음을 잊고 살았구나
"미안해"

밭에서 일할 때면
다섯 손가락 사이좋게
함께 땀 흘리며 기뻐했지?
바다에서 조가비를 줍거나
산 숲에서 나뭇잎을 주울 때면
움직이는 시가 되었지?

사이가 나빠진 친구에게
내가 화해의 악수를 청할 때

맑고 고운 정성을 모아
누군가를 위해 기도드릴 때면
더욱 따스한 피 고여오며
흐뭇해하던 나의 손

눈여겨보지 않았던
손마디에, 손바닥에 흘러가는
내 나이만큼의 강물을
조용히 열심히 들여다보며
고맙다 고맙다 인사하는 내게
환히 웃어주는
작지만 든든한
나의 손, 소중한 손

비 오는 날의 일기

1
비 오는 날은
촛불을 밝히고
그대에게 편지를 쓰네

습관적으로 내리면서도
습관적인 것을 거부하며
창문을 두드리는 빗소리

그대에게
내가 처음으로 쓰고 싶던
사랑의 말도
부드럽고 영롱한 빗방울로
내 가슴에 다시 파문을 일으키네

2
빨랫줄에 매달린
작은 빗방울 하나
사라지며 내게 속삭이네

혼자만의 기쁨
혼자만의 아픔은
소리로 표현하는 순간부터
상처를 받게 된다고
늘 잠잠히 있는 것이 제일 좋으니
건성으로 듣지 말고 명심하라고
떠나면서 일러주네

3
너무 목이 말라 죽어가던
우리의 산하
부스럼 난 논바닥에
부활의 아침처럼
오늘은 하얀 비가 내리네

어떠한 음악보다
아름다운 소리로
산에 들에
가슴에 꽂히는 비

얇디얇은 옷을 입어
부끄러워하는 단비
차갑지만 사랑스런 그 뺨에
입 맞추고 싶네

우리도 오늘은
비가 되자

사랑 없어 거칠고
용서 못해 갈라진
사나운 눈길 거두고
이 세상 어디든지
한 방울의 기쁨으로
한 줄기의 웃음으로
순하게 녹아내리는
하얀 비, 고운 비
맑은 비가 되자

4
집도

몸도
마음도
물에 젖어
무겁다

무거울수록
힘든 삶

죽어서도
젖고 싶진 않다고
나의 뼈는
처음으로 외친다

함께 있을 땐
무심히 보아 넘긴
한 줄기 햇볕을
이토록 어여쁜 그리움으로
노래하게 될 줄이야

내 몸과 마음을

퉁퉁 붓게 한 물기를 빼고
어서 가벼워지고 싶다
뽀송뽀송 빛나는 마른 노래를
해 아래 부르고 싶다

외딴 마을의 빈집이 되고 싶다

나는 문득
외딴 마을의
빈집이 되고 싶다

누군가 이사 오길 기다리며
오랫동안 향기를 묵혀둔
쓸쓸하지만 즐거운 빈집

깔끔하고 단정해도
까다롭지 않아 넉넉하고
하늘과 별이 잘 보이는
한 채의 빈집

어느 날
문을 열고 들어올 주인이
"음, 마음에 드는데……"
하고 나직이 속삭이며 미소 지어줄
깨끗하고 아름다운 빈집이 되고 싶다

삶과 시

시를 쓸 때는
아까운 말들도
곧잘 버리면서

삶에선
작은 것도 버리지 못하는
나의 욕심이
부끄럽다

열매를 위해
꽃자리를 비우는
한 그루 나무처럼

아파도 아름답게
마음을 넓히며
열매를 맺어야 하리

종이에 적지 않아도
나의 삶이 내 안에서
시로 익어가는 소리를 듣는

맑은 날이 온다면

나는 비로소
살아 있는 시인이라고
감히 말할 수 있으리

기쁨이란

매인 데 없이 가벼워야만
기쁨이 된다고 생각했다

한 톨의 근심도 없는
잔잔한 평화가
기쁨이라고

석류처럼 곱게
쪼개지는 것이
기쁨이라고
생각하며 살았다

며칠 앓고 난
지금의 나는

삶이 가져오는
무거운 것
슬픈 것
나를 힘겹게 하는
모욕과 오해 가운데서도

기쁨을 발견하여
보석처럼 갈고 닦는 지혜를
순간마다 새롭게 배운다

내가 순해지고 작아져야
기쁨은 빛을 낸다는 것도
다시 배운다

어느 날은
기쁨의 커다란 보석상을
세상에 차려놓고
큰 잔치를 하고 싶어

새

아침마다
나를 깨우는 부지런한 새들

가끔은 편지 대신
이슬 묻은 깃털 한 개
나의 창가에 두고 가는 새들

단순함, 투명함, 간결함으로
나의 삶을 떠받쳐준
고마운 새들

새는 늘 떠날 준비를 하고
나는 늘 남아서
다시 사랑을 시작하고……

시 읽기

이 땅의 시인들이
오랜 시간
공들여 짜낸
시의 즙을
단숨에 마셔버리는 건
아무래도 미안하다

좋은 것일수록
아끼며 설레며
조금씩 마시다 보면
나도 어느 날은
좋은 시를 쓸 수 있을 것 같은
포도줏빛 황홀한 예감

시의 음료에
천천히 취해
잠이 들면
시는 내 안에서
어느새
피와 물이 되어
내 영혼을 적신다

동백꽃이 질 때

비에 젖은 동백꽃이
바다를 안고
종일토록 토해내는
처절한 울음소리
들어보셨어요?

피 흘려도
사랑은 찬란한 것이라고
순간마다 외치며 꽃을 피워냈듯이
이제는 온몸으로 노래하며
떨어지는 꽃잎들

사랑하면서도
상처를 거부하고
편히 살고 싶은 나의 생각들
쌓이고 쌓이면
죄가 될 것 같아서

마침내 여기
섬에 이르러 행복하네요

동백꽃 지고 나면
내가 그대로
붉게 타오르는 꽃이 되려는
남쪽의 동백섬에서……

고향의 달

강원도의 깊은 산골에서
내가 태어날 무렵
어머니가 꿈속에서 보았다는
그 아름다운 달
고향 하늘의
밝고 둥근 달이
오랜 세월 지난 지금도
정다운 눈길로
나를 내려다보네

'너는 나의 아이였지
나의 빛을 많이 마시며 컸지'
은은한 미소로 속삭이는 달

달빛처럼 고요하고
부드럽게 살고 싶어
눈물 흘리며 괴로워했던
달 아이의 지난 세월도
높이 떠오르네

삶이 고단하고 사랑이 어려울 때
차갑고도 포근하게
나를 안아주며 달래던 달

나를 낳아준 어머니
어머니의 어머니, 그리고 또 어머니
수많은 어머니를 달 속에 보네
피를 나누지 않고도
이미 가족이 된 내 사랑하는 이들
가을길 코스모스처럼 줄지어서
손 흔드는 모습을 보네

달이 뜰 때마다 그립던 고향
고향에 와서 달을 보니
그립지 않은 것 하나도 없어라
설렘에 잠 못 이루는 한가윗날
물소리 찰랑이는 나의 가슴에도
또 하나의 달이 뜨네

연가

딱히 슬픈 일도 없는데
자꾸만 눈물이 날 때
나는 그냥
숲으로 가거나
산을 바라봅니다
딱히 기쁜 일도 없는데
자꾸만 웃음이 나올 때
나는 그냥 강으로 가거나
바다를 바라봅니다

내가 하고 싶은 모든 말
듣고 싶은 모든 말
다 거기에 있는 것
당신은 아시지요?
오늘도
처음 만난 날의 설렘으로
오랜 세월이 준 물빛 평화로
당신을 사랑합니다
차갑고도 뜨겁게
담백하고도 현란하게

교통카드

생전의 내 어머니가
하루에도 몇 번씩 들여다보며
흐뭇해하시던
교통카드를 나도
오늘 발급받았다
내 나이의 무게가
나를 압도했다
'어르신 교통카드'라는 글자가
유난히 크게 들어와서
나도 이젠 좀 더
어르신 노릇을 해야겠구나
생각해본다
지하철을 타고 어디든
공짜로 그냥 갈 수 있다는데
이 기쁜 소식이
그다지 기쁘지를 않네?
가방 속에 넣으며 이야기한다
'내가 살아 있는 동안
길 위에서 나를 좀 기쁘게 해주세요'라고

새해 덕담

좋은 생각만 하고
좋은 이야기만 하고
좋은 일만 가득하라고
우리 서로
새해의 덕담을 주고받지만

삶의 길에는
어둡고 아프고
나쁜 일도 너무 많아서
조금은 불안하고 두렵지요

그럴수록
우리는 덕담을 주고받으며

서로서로
복을 짓고
복을 받아
복을 나누는 가운데
선업을 쌓고 덕을 닦는

아름다운
'복덕방'이 되어야지요

새해에는, 친구야

웃음소리가 해를 닮은
나의 친구야
밝아오는 새해에는
우리 더 많이 웃자
해 아래 사는 기쁨을
날마다 새롭게 노래하자

눈이 맑은 나의 친구야
다시 오는 새해에는
우리 더 많이 착해지자
푸른 풀밭 위의 하얀 양들처럼
선하고 온유한 눈빛으로
더 많은 이들을 돕고 이해하고
용서하고 사랑하자

갈수록 할 일이 많고 걱정도 많아
때로는 울고 싶은 친구야
달려오는 새해에는
우리 좀 더 씩씩해지자
힘차게 항해하는

바다 위의 배처럼
앞으로 나아가는
희망의 사람이 되자

누가 시키지 않아도
스스로 떠날 줄 아는
한 척의 배가 되자
언제나 그립고 보고 싶은
내 사랑하는 친구야

새해에는 동백꽃처럼

새해에는 동백꽃처럼
더 밝게
더 싱싱하게
더 새롭게
환한 웃음을
꽃피우겠습니다

모진 추위에도 시들지 않는
희망의 잎사귀를 늘려
당신께 기쁨을 드리겠습니다

어디선가 날아오는
이름 없는 새들도
가슴에 앉히는 동백꽃처럼
낯선 이웃을 거절하지 않고
사랑을 베풀겠습니다

땅을 보며 사색의 깊이를 배우고
하늘을 보며 자유의 넓이를 배우는
행복한 사람이 되겠습니다

208

지상에서의 소임을 마치고
어느 날
이별의 순간이 올 땐
아무 미련 없이 떨어지는
한 송이 동백꽃처럼
그렇게 온전한 봉헌으로
떠날 수 있기를 기도합니다

별을 따르는 길

어디선가 당신이
내 이름을 부르면
나는 그 순간
별이 되었습니다

하늘의 별이
마음에 박힌 후
그리움을 멈출 수 없어
멀리 떠나온 길

사막을 걸으며
지치기도 했고
때로는 절망에 빠지기도 했으나
절망은 다시 희망으로 솟아올라
사랑이 되었습니다

평생토록
당신만 사랑한 것을
후회하지 않습니다
당신 곁에

오래오래 머물다 보니
나도 이젠 조그만 별이 되었고
어느 날 당신과 함께
승천하는 꿈을 꾸고 있습니다

나의 방

솔숲방
흰 구름방
수기修己방
이라고 내가 이름 붙인
조은집 407호실

나는 여기서
날마다
기도하고 꿈을 꾸고
시를 썼지

햇빛과 바람과
구름과 노을을 초대해서
놀기도 했지
조금은 앓기도 했지
가끔은 눈물도 흘리고
웃음을 날리면서 시간을 보낸
나의 방, '지상의 천국'에서
나는 오늘도 행복하지

흐르는 삶만이

구름도 흐르고
강물도 흐르고
바람도 흐르고

오늘도
흐르는 것만이
나를 살게 하네

다른 사람이 던지는 칭찬의 말도
이런저런 비난의 말도
이것이 낳은 기쁨과 슬픔도
어서어서 흘러가라

흐르는 세월
흐르는 마음
흐르는 사람들

진정
흐르는 삶만이
나를 길들이네

보름달에게

당신이 있어
추운 날도 따듯했고
바람 부는 날에도
중심을 잡았습니다
슬픔 중에도
웃을 수 있는
위로를 받았습니다

각이 진 내가
당신을 닮으려고 노력한
세월의 선물로
나도 이제
보름달이 되었네요

사람들이 모두 다
보름달로 보이는
이 눈부신 기적을
당신께 바칠게요

사랑합니다

고맙습니다
행복합니다

어느 날의 일기

내가 당신을
깊이
사랑하는 순간
당신이 나를
진심으로
사랑하는 그 순간은
천국입니다

이기심의 그늘이 드리워
서로의 마음에 평화가 없는
그 순간은
지옥이고 연옥임을
우리는
이미 체험했지요

오늘은
아주 오랜만에
단비가 왔습니다
비 온 뒤에
더 환히 웃는

한 송이 나팔꽃과
눈이 마주친 순간
행복했습니다

날아가던 새 한 마리
내게 말했습니다
'꽃이 있고 나비가 있고
마음속에 사랑이 있는 곳
여기가 바로 천국이군요
놓치지 마세요!'

'빈집'에 부치는 3일간의 가을 편지

김용택(시인)

1. 어떤 하루

가을입니다.

늘 그렇지요. 봄인가 싶으면 여름이고, 여름인가 싶으면 어느덧 가을이 깊어져 있고, 잔가지에 서리꽃이 피곤 하지요. 수녀님의 시를 읽고 글을 써야 한다는 생각을 하며 며칠을 그냥 지냈습니다. 며칠을 지내는 사이 가을비가 오고, 하얗게 만발한 가을 길가에 들국들을 보았습니다. 곧, 이 계절의 마지막 들꽃인 샛노란 산국이 피겠지요. 수녀님, 제가 근무하는 작은 운동장가의 벗나무들은 벌써 잎이 다 져갑니다. 학교 일 하는 주사님이 낙엽을 긁어모아 태우면 아이들이 연기 나는 불가에서 낙엽을 주워 모아 불에

던지며 놉니다. 수녀님께서도 낙엽이 타는 모습을 보셨겠지요. 낙엽은 타면서 몸을 뒤척입니다. 어느 사이에 잎이 피고, 어느 사이에 잎이 지는 나무들을 아이들과 바라보면 참 아름다워요. 잎 진 나무를 다시 올려다봅니다.

　나무 안에 수액이 흐르듯
　내 가슴 안에는
　늘 시가 흘러요
　　　　　　　　　　─〈시의 집〉에서

　잎 진 나무에 늘 수액이 흐르듯이 시인의 가슴에는 늘 시가 흘러 시인의 마음은 세상을 향해 항상 열려 있어야 하고, 시인의 가슴은 살아 숨 쉬어야 한다는 수녀님의 시 구절은 내 가슴에 시로 흐릅니다. 늘 살아 있는 가슴, 세상을 향해 아무 사심 없는 사랑의 물길을 흘려주어 우리들을 위로하고 쓰다듬어주시는 수녀님의 시는 곧 깨끗한 우리들의 사랑이 되기도 합니다. 수녀님, 세상은 그 얼마나 거칠고 험한지요. 깨끗한 영혼들이 쉴 수 있는 곳을 수녀님은 늘 만들어주셨습니다. 그게 '시의 집'이었고, 곧 세상을 정화시켜주는 수녀님의 기도였습니다. 이 세상 어딘가에 우리들이 쉴 수 있는 집이 없다면 우리들은 영원히 세상에서 버림받은 존재가 될 것입니다. 수녀님께서 지어주신 집에는 우리들을 편하게 해주는 것들이 다 있습니다. 수녀님은 또 우리들을 위해 울어주십니다.

울고 싶어도
못 우는 너를 위해
내가 대신 울어줄게
마음 놓고 울어줄게

　　　　　　　　　　　　— 〈파도의 말〉에서

　사람들은 늘 어려운 말들을 늘어놓고 그것이 시라고 우기고 자기들끼리 통한다며 좋아합니다. 그런 시들이 좋은 작품일지 몰라도 저는 수녀님의 쉽고 간결한 사랑의 속삭임들이 좋습니다. 사람들의 일상에 위안이 되고, 고단한 삶을 찾아가 따뜻한 위로가 된다면 그보다 더 좋은 글이 어디에 있겠습니까. 저쪽에 있는 산을 이쪽으로 옮긴들, 그랬다고 한들 그 속에 인간을 향한 진정한 사랑이 없다면 그것이 사람들에게, 세상에 무슨 소용이겠습니까. "근심 속에 저무는/무거운 하루일지라도/자꾸 가라앉지 않도록/나를 일으켜다오/나무들이 많이 사는/숲의 나라로 나를 데려가다오/거기서 나는 처음으로/사랑을 고백하겠다/삶의 절반은 뉘우침뿐이라고"(〈바람에게〉에서) 수녀님, 우리들의 이 죄 많은 삶을 어찌 절반만 뉘우치겠습니까.

　운동장가에 걸린 물이 파랗게 변해가고 있습니다. 봄이면 물도 봄 색깔이고, 가을이면 물도 가을 색깔입니다. 겨울엔 물도 겨울 색깔이지요. 그 물에 잔잔하게 바람이 일고 아이 두엇이 그 물을 배경으로 걸어오고 있습니다. 아름답고 고운 가을날입니다. 이렇게 고운 날에는 이 고운 풍경을 떠다가 사람들에게 보여주고 싶습니다. 시인은 그런 사람일 것입니다. 아름답고 고운 것들을 보며 좋아하고, 그런 간절한 마음이 시가 되고, 행복해하는 사람들이 시인일 것입니다. 돈이 되지 않는 길가의 풀 한 포기를 보며 행복해하는 그런 사람, 아무런 사심이 없는 사람, 이 세상에서 가장 아름다운 예수 그리스도처럼 욕심이 없는 사람만이 시인입니다. 이 세상이 생긴 이래 가장 뛰어난 시를 쓴 사람(?)은 예수 그리스도라는 데는 아무도 이의가 없을 것입니다. 바리새인들의 난감한 질문을 받고, 나무 막대기로 땅 위에다 무슨 그림을 그리며 오래오래 생각하는 그이의 모습이 떠오릅니다.

아름다운 것은 시가 아니라 세상임을 우린 잘 모르고 살아가지요. 그 무지를 수녀님께서 바람으로, 때론 파도로 깨우쳐주십니다. 마음을 꽉 채워두면 길 잃은 벌레 한 마리 찾아들지 못합니다. 수녀님, 아름답고 깨끗한 '빈집' 같은 마음속에만 시가 찾아듦을 저는 잘 안답니다.

어느덧 해가 기울어갑니다. 해를 따라서, 해를 따라서 물도 가고 산도 가고 저도 따라갑니다. 강 언덕 밭 둔덕에 피어나는 풀꽃들도 해를 따라, 해를 따라 하루를 갑니다. 서쪽 하늘이 몹시도 파랗습니다. 저 텅 빈 파란 하늘에 진정 빛나는 별들이 뜰 것입니다. "아직은/시고 떫은 채로/그대를 향해/터질 수밖에 없는//이 한 번의 사랑을/부디 아름답다고/말해주어요"(〈석류의 말〉에서) 저 푸른 가을 하늘에 이 사랑의 말은 진정 달디단 사랑입니다.

2. 그 이튿날

　수녀님, 어제 하루 잘 지내셨는지요.

　오늘도 날이 참 맑을 모양입니다. 아침에 안개가 담뿍 끼었어요. 안개 속에 산이며, 나무들이며, 깊은 산골짜기들이 한없이 신비롭습니다. 이렇게 안개가 끼었다가 걷히면 하늘은 유난히 높고 푸른 날이 되지요. 수녀님의 시를 읽으며 하루를 지내서인지 수녀님을 생각하는 게 참 자연스러워졌습니다. 수녀님, 하면 왠지 '가까이 하기엔 너무 먼 당신'들처럼 우리와는 별 상관이 없는 딴 나라 사람들처럼 느껴지곤 했지요. 왠지 농담을 해서는 안 되고, 한 마디 허튼 소리라도 하면 절대 안 되고, 이 세상의 모든 짐은 세상 저쪽에다 다 두고 수녀복처럼 깨끗하게 저쪽에서 가만가만 사는 사람들처럼 느껴지곤 했습니다.

　그런데 몇 년 전 어느 날 수녀님 두 분이 우리 집에 오셨어요. 집에 오셔서 사진도 찍고 우리 어머님이랑 밥도 지어 잡수시고 그랬는데, 생전 처음 가까이한 수녀님이 그렇게도 신기했던지 우리 어머님께서 옷이며, 머리에 쓴 흰 수건에 대해 꼬치꼬치 묻는 모습이 참 우스웠답니다. 그냥 우리처럼 막 웃는 수녀님들의 깨끗한 웃음이 무척 인상적이었습니다. 작년에는 잡지사에서 수녀님 사진기자가 오셔서 사진 찍는 모습이 또 어찌나 재미있던지 그 모습을 흉내 내며 많이도 웃었습니다. 그런데 이제 수녀님의 글을 읽고 뒷글을 쓰게 되어 이리 기쁠 수가 없습니다.

수녀님, 오늘은 해 지면 강에 가려 합니다. 강변에 키 큰 미루나무가 서 있고, 풀잎들이 노랗게 메말라가고, 강 가까이 노란 벼들이 익어가며 산 넘어온 햇살을 받으면 강은, 세상은 어찌나 그리 아름다운지요. 저는 그 산 넘어온 빛이 떨어지는 물과 강을 좋아합니다. 그 강에 가보려 합니다. 기차를 타고, 기차를 타고, 저는 기차를 타고 강을 따라 달리는 꿈을 꿉니다.

우리 함께
기차를 타요

도시락 대신
사랑 하나 싸들고

나란히 앉아
창밖을 바라보며

서로의 마음과 마음을
이어서 길어지는
또 하나의 기차가 되어
먼 길을 가요

— 〈기차를 타요〉 전문

3. 세 번째 편지

수녀님과 함께 지낸 지 3일이 되었습니다. 오늘도 수녀님께 이렇게 편안한 마음으로 글을 씁니다. 우리들의 사랑이신 우리들의 수녀님, 당신은 이 세상의 아픈 곳과 이 세상의 괴로운 곳을 찾아다니시며 그 아픈 상처들을 어루만져주시는 사랑의 손길을 가지신 분입니다. 우리들이 괴로울 때마다, 이 세상을 사는 일이 겁나고 무서울 때마다 사람들은 수녀님의 글을 찾을 것입니다. 그리하여 아무런 욕심 없는 수녀님의 글 속에서 삶의 위안을 찾고 평화를 얻고, 인생의 진실을 가슴에 새길 것입니다. 수녀님의 사랑 앞에 인생의 헛된 욕심을 사람들은 부끄러워하며 세상으로 눈길을 돌릴 것입니다. 이 한세상을 살면서 그 어떤 것인들 짐이 되지 않겠습니까. 무엇을 더하고, 무엇을 얻고, 무엇을 짐 지겠습니까. 다만 세상은 살아갈수록 짐을 벗는 일이 아닐는지요. 수녀님이 그리 말씀해주셨습니다. 그래야 생활이 편하다구요. 두 손 편히 내려놓고 오늘도 저문 강물 앞에 서서 수녀님의 마지막 시를 읽습니다.

새에게

몸과 마음의
무게를 덜어내고 싶을 때마다
오래도록

너를 그리워한다

살아서도
죽어서도
가벼워야 자유롭고
힘이 있음을 알고 있는 새야

먼 데서도 가끔은
나를 눈여겨보는 새야
나에게 너의 비밀을
한 가지만 알려주겠니?

모든 이를 뜨겁게 사랑하면서도
끈끈하게 매이지 않는 서늘한 슬기를
멀고 낯선 곳이라도 겁내지 않고
떠날 수 있는 담백한 용기를
가르쳐주겠니?

— 〈새들에게 쓰는 편지〉에서

    수녀님, 수녀님과 며칠 지내며 저는 많은 제 인생의 짐들을 벗어 강물에 띄웠습니다. 마음이 깨끗하게 비워지는 가을날을 보냈습니다.

    수녀님 고맙습니다. 오래오래 건강하시길 빕니다. 혹 이 글이 수녀님의 글과 삶에 누가 되었다면 용서하시길 바랍

니다. 수녀님, 수녀님, 우리들의 사랑하는 수녀님 안녕히
계십시오.

1999년 10월, 단풍이 곱게 물드는 섬진강가에서

김용택 드림

서로 사랑하면 언제라도 봄

초판 1쇄 발행 2015년 2월 27일
초판 20쇄 발행 2023년 7월 1일

지은이 이해인
펴낸이 정중모
펴낸곳 도서출판 열림원

출판등록 1980년 5월 19일(제406-2000-000204호)
주소 경기도 파주시 회동길 152   전화 031-955-0700
홈페이지 www.yolimwon.com   팩스 031-955-0661
이메일 editor@yolimwon.com   인스타그램 @yolimwon

ISBN 978-89-7063-861-4 03810

만든 이들 _ 편집 김정래 디자인 이명옥